JN001232

リリカル・アンドロイド

Hiroyuki Ogihara
荻原裕幸

書肆侃侃房

リリカル・アンドロイド ＊ 目次

装幀・装画　唐崎昭子

不断淡彩系

優先順位がたがひに二番であるやうな間柄にて梅を見にゆく

早いものですね立春なんですねえ梅の木がその影にささやく

貘になつた夢から覚めてあのひとの夢の舌ざはりがのこる春

さくらからさくらをひいた華やかな空白があるさくらのあとに

昨日のわたしが今のわたしを遠ざかる音としてこの春風を聴く

雲が高いとか低いよとか言ひあつて傘の端から梅雨を見てゐる

ここはしづかな夏の外側てのひらに小鳥をのせるやうな頬杖

夏のひかりのはかなさ綴るてがみにて涼とひともじ封緘をする

街にあふれるしろさるすべり忙しない日々に救はれながら私は

式場を出て気疲れの首かたむけて本音のやうな骨の音を聴く

おとなには屈しないといふ顔のままおとなになつてゐる辻聡之

まだ誰もゐないテーブルこの世から少しはみ出て秋刀魚が並ぶ

種痘のあとや黒子その他のある腕を隠して秋のみづいろの袖

加藤治郎と固めの柿を噛む午後の肝心なこと欠けてゐる音

軽いのだけど決して軽くはないものを鞄につめて十月をゆく

低い所にこころ流れてゆく日々を山茶花にだめだよと言はれて

そこに貴方がここに私がゐることを冬のはじめのひかりと思ふ

声にわづかに遅れてとどく冬の陽のやうな痼りのやうな何かが

年の終りのひざしさびしくひらかない傘たためない私その他

元日すでに薄埃あるテーブルのひかりしづかにこれからを問ふ

誰かが平和園で待つてる

声にならない悲鳴のやうに水仙は咲いてしづかな瑞穂区の午後

妖精などの類ではないかひとりだけ息が見えない寒のバス停

事務的なことのすべてを夕映にまかせて冬のコメダに憩ふ

雪のベランダには齧られてゐた夢のかけらと貘の足跡がある

真夜中の書斎を出ればわたしからわたしを引いただれかの嘘

二月の朝のテレビが殺す人ばかり報じる生きて食パンを焼く

夢の続きがしばらく揺れて早春のここがまたいまここになる朝

夢の向かうはたしか寒くて大雪で誰かこちらに来たがつてゐた

フジパン本社だが春昼にパンを焼く匂ひでここは有名になる

本の字をここも掲げて七五書店のどかな坂にひかりを綴る

嫌なだけだと認めずそれを間違ひと言ふ人がゐて春の区役所

切るとをかしな鳴き声みたいな音がしてつい何回も切る春の爪

この私はどうしようもなく春の雪どうしようもなく荻原裕幸

曲線どれもがあざやかになる春先の曲線として妻を見てゐる

こどもがゐても今この人と恋をしてゐたのだらうか妻と見る梅

結婚をして何年だつたか咲いてゐる菜花のまざる菜花のパスタ

サンダーバードの書体で3と記された三階のかたすみは朧に

辻くんと来てるんだよと誘はれるその辻くんの春を見にゆく

名古屋駅の地下街はすべて迷路にて行方不明者ばかり三月

春が軋んでどうしようもないゆふぐれを逃れて平和園の炒飯

空が晴れても妻が晴れない

皿にときどき蓮華があたる炒飯をふたりで崩すこの音が冬

父に頬を打たれるやうな懐かしい痛みのなかに咲いてゐる梅

春の朝があると思つてカーテンを開いた窓の闇にをののく

五十代だけれどそれはそれとして辛夷の奥にひろがるひかり

この曇天を行けば桜がその底で患部のやうにけむる瑞穂区

ええと当帰四逆加呉茱萸生姜湯であってますよね妻の散薬

きみと歩けば五月の木々の内側を真直ぐにのぼりつめる性愛

それは世界の端でもあつてきみの手を青葉を握るやうに握つた

籠から放した螢のなかの数匹がわたしのゆふやみに迷ひこむ

いまのいままで妻のゐた空間につゆ晴れのひかりが揺れてゐる

からだの端を雲に結んであるやうな歩き方して夏日のふたり

空が晴れても妻が晴れないひるさがり紫陽花も私もずぶ濡れで

長いメールの腰のあたりに絶妙な感じで枇杷が語られて、泣く

生きることの反対は死ぬことぢやない休むこと夕焼の向うへ

天白川にもわたしの奥の水面にも秋のはじめのひかりは刺さる

思ひ出さうとすれば遠のく青き日々の空をしづかに焼く百日紅

花カンナのこゑ聴くやうに少し身をかがめて母のこゑ聴く妻は

スマホの奥では秋草の咲く音がする結局そこもいま秋なのか

食事が終れば食事までまた花閉ぢてしづかな秋の家族と思ふ

自分ひとりで探し出せない秋からの出口のやうにあなたが笑ふ

桜底彷徨帖

きみはもう火事ではなくて拇印でもなくてしづかな紫陽花の径

善と悪とのどちらでもないものばかり揺れてわたしの庭の六月

昭和の川がいまも流れてゐる街があるこの梅雨の夜のどこかに

世知辛い感じの午後を脱け出して噴水の咲いて散るまでを見て

着色されたむかしの写真のやうな坂をのぼつて夏の頂にゆく

咲きさかる花火のあとの暗がりに残つて祖母の霊の手をひく

秋空と呼べるところにとどかずに降りて来る紙飛行機その他

秋風が吹けばどこかでさみしさの鈴が鳴る鈴はどこにあるのか

洋酒の壜の猫があくびをしはじめるまで飲んで秋の深みに墜ちて

たまに夢でつながる人の部屋に来てけふはしづかに秋茄子を煮る

いまのいままで羊が棲んでゐたやうな妙な気配の寒のベランダ

わたしを解凍したらほんとに人間に戻るのかこの冬のあかつき

諭したくなる淡雪よひるひなかそんなところに積らなくても

進入禁止の標識がどれも美しく見えてどこにも行けぬ春の日

わたしには見えない春が見えてゐる人かふしぎなしぐさで歩く

妹であることをすこしもいやがりもせずにしづかに梅園をゆく

梅とか他にも奇妙なものがほころびて動きはじめる春の心臓

春の闇がふかまつてゐるこの夜のからだくちびるまで湯に沈む

わたしのなかの笑ふ係のひとがけふ非番なのでともくれんが言ふ

泣く機能がないひとなのか朧夜をかくも奇妙なこゑあげて行く

どこもかしこも春があふれて街ごとにすこしづつ異なる水の味

右折するときに大きく揺れながら春をこぼしてクロネコヤマト

来てゐないだけで動かせない未来なのかひぐれに花の種蒔く

あの門柱に猫がゐなくて春野菜の籠が置かれてゐるそんな午後

桜の底はなぜこんなにも明るくて入ると二度と出て行けぬのか

ご機嫌よう瑞穂区

どちらから歩いてみてもわづかづつのぼる感じのある棕櫚の道

ベランダに翻るものがものがたることを見て見ぬふりして五月

常に世界にひかりを望むといふやうな姿勢ゆるめて緑蔭をゆく

存外にきまじめなことを言ひよこす直角のないかたちの葉書

生きてゐるかぎり誰かの死を聞くと枇杷のあかりの下にて思ふ

傘から少しはみだしてゐたわたくしが雨を含んで重くなる朝

そらいろの小皿の縁が欠けてゐてにはかに冷える雨のひるすぎ

雨戸を数枚ひつぱりだせばそこにある戸袋の闇やそのほかの闇

わたし以外の誰かであつた一日を終へて誰かの消える青梅雨

バナナの黄つよく彎がるを剝きながら夢と朝とのあひだに憩ふ

半生のほぼすべての朝を瑞穂区にめざめてけふはあぢさゐの朝

夏至と梅雨とが奪ひあふ夕雲を炎えつきるまで眺めてそして

ゆうパック来て佐川来てクロネコ来てその勢ひか某勧誘が来る

壁のなかにときどき誰かの気配あれど逢ふこともなく六月終る

爆弾も降らない天使も降りて来ないどこまでも梅雨つづく昭和区

ドアノブのどれもが鈍いぎんいろで奥で茄子など焼かれる夕べ

雨ふたたび降りはじめれば七月の傘おもむろに咲いてゆく街

誰にも見せない表情をする梅雨時の月のひかりの屋上に来て

恋愛といふのはむしろ結婚のオプションかふたり夏草をゆく

言ひあひをした後しんとするときに在処のわかるさびしき臓器

むすばれるとむしばまれるの境界はどこなのか蟬の声を見あげる

水道代がそれほどかさむこともなくどこかせつなくきしむ八月

個体差はともかくすべてのタチコマの声をあやつる玉川紗己子

西瓜の縞は黒ではなくて濃い緑ですと言はれてはじめて気づく

夏のひざしのほかには特に飾るべきものなく３ＬＤＫしづか

江戸秋雲調

何となく歩きはじめる何となくひぐらしの声の奥にむかって

キスをする欅の樹下に目を瞑る何を見るため瞑るのかあなたは

セルフカバーに違和感のある一曲を聴きながらゆく千種区の坂

江戸には曜日がなくてしづかに日は過ぎて庵に秋の雲が浮かんで

秋のはじめの妻はわたしの目をのぞく闇を見るのと同じ目をして

追伸のやうな夕日がさつきまであなたが凭れてゐた椅子の背に

棚や椅子や把手のねぢを締めながら白露わたしのゆるみに気づく

デジカメであなたを撮つてほとんどのあなたを消してゐる秋日和

あれからあとは必然的かつ偶然でまつすぐに来てこの秋を踏む

妻のゆめから漏れてゐる音なのか新涼のあかつきにかすかな

かなしい音も大きな音もうつくしい音も正午に消えて秋澄む

だしぬけになんとはなしに藤色の服が着たくてユニクロに来る

どこかよく見えないなにか怪しげな隙間からはみ出てゐる芒

ローソンとローソン専用駐車場とに挟まれた場所にひとりで

むかし住んだ１ＤＫにいまごろは他人の秋がみのりつつあるか

鳩もわたしも乳房がなくて公園のベンチを母子に譲つて消える

自販機のあかりに誰か来て何かたしかめてすぐまた暗がりに

百円硬貨がいま落ちてゆく自販機のひえびえとした臓器を思ふ

けふも誰かが殺されてゐるさみどりの石鹼液で両手をあらふ

黒ぶだうの黒さを剝いてふかしぎなにごりを口にする朝の妻

コンビニのコピー機に残されてゐる茄子のレシピと薄荷の煙草

妻ではない女性と歩いてゆくやうに夕日の橋をいま妻とゆく

東大卒といふなめらかな肩書きにあはく惹かれる黄落のなか

妻のこゑとわたしのこゑがこの家のこゑのすべてである秋の暮

ゐねむりのあひだに何か起きてゐた気配のしんと沁みるリビング

誰でもないひと

すこしづつ硬さのちがふ闇がならぶ寒明の夜のコインパークに

あなたはいまもそこにゐるのか雪解のない絵葉書のなかの雪渓

鶺鴒をいつからかもう見てゐないどこまでも砕く春の鶺鴒を

排卵といふか在卵の日がわからないふたりで春の夕焼を見る

柴犬と柴犬のかるく噛む春がひだまりのうつろを過ぎてゆく

コメダ珈琲店だから口にするやうな莫迦な話をして二月逝く

ふと妙な欲望は来て伊勢湾のいそぎんちやくが見たいと思ふ

地図で見ればみどりに映える一帯を来てどこまでも続く暗がり

春の闇のうちがはにしてわたくしのそとがはに在るあなたの躰

しろくつてむなしくてでもよくしなる豊かなものと春の列車に

妻がベランダから何か言ふ春の瀬に溺れるひとのやうな身ぶりで

ことごとく名詞に鉤括弧がついたやうな口調でとまどひを言ふ

こむばんわぁと聞こえたのだが雨の中どの木蓮の声だつたのか

さつきまで見たこともない姿してゐていま急にすみれにもどる

キスをするときどうしてもくちびるにちからをこめてしまふ三月

ここにゐないひとの重みがどこからか来てゐて椿しづかに撓む

偶然ではなくて運命ではなくて雲が来てやがて巣箱が見えて

この囀りはわたしの中の音なのかあるいは外の枝からなのか

どうせ時報女ですといふ声がして何もかも夜の深みに落ちて

本をひらくうごきのしろきゆびさきのしばらくのこる春の網膜

セスナ機をもう何年も見たことがなくて色濃くアネモネ咲いて

緘でも〆でも封でもなくて春の字を記して封をした封書来る

あのひとが鎖骨を見せてゐることのどこかまぶしく囀りのなか

かなしみで零すなみだの味に似たなみだだがこれは違ふ気がする

誰でもないひとから私になつてゆくけだるき朝が来て花は葉に

蕪と無のブルース

蕪と無が似てゐることのかなしみももろとも煮えてゆく冬の音

けさ夢でたしかに抜いた釘がまだ出てゐて服にかぎざきつくる

内閣の支持率くだるよりもややゆるやかな暮の坂をふたりは

こきざみにまばゆきものが炎えつきてときどきかはる玄関の花

セーターの妻の稜線ひとしきり見てニュース見て黄昏にゐる

リビングへの扉と何かもうひとつ開いてゐる冬ざれのめざめに

耳をすませばいたるところに日本語でながれる川のある十二月

見ることのできない場所に降りつもる雪のしづかな白さに眠る

他意のないしぐさに他意がめざめゆく不安な冬の淵にてふたり

若さではないが何かその種のひたむきで変な感じのきざす宴会

日録に残さなかつたわたくしがして来たことの鳴る年のはて

大掃除のさなか当家に一枚もシューベルトのない事態に気づく

誰も画面を見てゐないのにＮＨＫが映りつづけてゐる大晦日

搭乗のときぼんやりとおもふ死のやうなしづけさにて寒の街

霜ではない雪ともちがふしづけさの白くしばらく聴覚に降る

何を見る妻か林檎を見もせずにながくしたたるやうに皮剝く

あらそひだけは様式化することもなく未婚の冬とおなじ鮮度で

音のない場所がどこにもないことを嚙みしめて冬の真ん中にゐる

去年とはつながりのないことがないなにひとつない寒暁をゆく

蒟蒻といふ字がとてもうつくしく見えてはがきを繰り返し読む

スガシカオの曲だとなんとなくわかる音を零してよぎる銀輪

喪主と死者のやうにひとりが饒舌でひとりが沈黙して寒の雨

妻が動くたびにどこかで鈴が鳴る私のあづかり知らぬどこかで

雲はたぶんひとのこころと同質の成分だだからあのやうに動く

ポケットを空にしたのにもう二月なのに歩けばまだ何か鳴る

この世から少し外れて

この世から少し外れた場所として午前三時のベランダがある

朝刊が来てエンジン音が二つ来て妻のこゑ来てわたくしが来る

夢の匂ひが鼻腔にのこるこの朝にさめて朝食までのしばらく

昼過ぎになるまでそして昼顔になるまで妻が泣いてゐたこと

母音のみのしづかな午後にペダル漕ぐ音を雑ぜつつゆく夏木立

新緑はご覧のスポンサーの提供であなたの窓にお送りします

つかはない北の部屋にも枇杷などが飾られて誰かの声が来る

螢のゐない川だが夜を見つめれば螢がひかることのさびしさ

人の内部はただの暗がりでもなくてあなたの底の万緑をゆく

夾竹桃しか見えないが泣きごゑの熟れて笑ひに移りゆく家

嫌だなあとやけに泡だつこゑが出て自らそれが嘘だと気づく

七夕にやきにくとのみ書きしるす誰かゐて風にそよぐやきにく

どこかはるかな世界から来て砂の粒つけて歩いてゐる夏の肌

いやな雨を降らせる雲のひろがりがからだの外に出るまで泳ぐ

他にも何かしてはゐたけど麩のうかぶ椀を見てゐた日曜の夜

この夏に蒔きそこなつた朝貌がどこかで蔓をからませる音

影ばかりを見て噴水を見てゐないのだと昨夜の非を誹られる

あれはここを孤島なのだと誤解して咲いてゐる玫瑰かも知れず

けさ食べたパンや西瓜や消化する臓器をつれて自転車を漕ぐ

リビングの天井の西の片隅にはじめて見るかたちのしみが浮く

この夏は二度も触れたがそのありかもかたちも知らぬ妻の逆鱗

俎の音にめざめるときめきをかたることばのさびしくそよぐ

避けられてこんなしづかな片陰を生み出してゐる防犯カメラ

兵隊となるなりゆき

秋になる寸前でまだ揺れてゐるあなたの奥のみづに気がつく

かき氷の嶺のみどりを零しつつときどきとぢる一重のまぶた

その白くひかる歯列の奥にあるうすくらがりに秋をはぐくむ

本を閉ぢるときの淋しき音がしてそれ以後音のしない妻の部屋

数年後の秋のはじめのひだまりに来てゐるやうな足音がする

戦後ではなく戦前なのだところゑがする病葉のある垣の向うで

どんな音かはともかくも音たてて壊れるものに属すると思ふ

これ空調これ螢光灯これテレビこれ不明押すと何が起きるか

歯が何本あるのかなぜか気になつて口腔にゆびをつつこむ夜長

あさがほの種にひとつぶ紛れこむ小石のやうなばつの悪さで

動くものなき秋日向だがしかしさびしきものはかならず動く

露草から見れば案外たをやかに近づいて来る母のゆびさき

ひとを待つひるのすさびに雨傘の無防備なひろがりを眺めて

消しゴムでは消せないものが拡がつて手帖のなかの沼地が騒ぐ

むかし銭湯だつた空地に秋草の名もなく揺れてやがて静まる

ふたりふたつの質の異なる曲線を四肢にめぐらせつつ天高し

乗る喋る食ふ買ふ歩く秋の日の汗を吸ひつくしたシャツを脱ぐ

オカリナをどこかで誰か吹きさうな日和なのだが聞こえて来ない

伝言板がさびれてその後見かけない水草に似た文字のひとりを

動き終へた臓器のやうなしづけさに二三のものがある秋の卓

兵隊となるなりゆきのなささうなからだを秋のひざしに解く

香車の駒のうらは杏としるされてこの夕暮をくりかへし鳴る

ユーチューブから現在に戻り来て家族の声をしみじみと聴く

栗弁当のなかのしづかな円高をしばし眺めてから箸を割る

同じ本なのに二度目はテキストが花野のやうに淋しく晴れる

まんなかをあなたはあるく晩秋にふかきひかりのさす処まで

立冬まであと十日ほど朝夕はほとんどの木が喋らなくなる

触れると梅だ

影の濃い木と薄い木と見あたらぬ木があるひるの梅園をゆく

春光の奥からひびくその音が何なのか知らずに聞き惚れる

習作として描かれた絵のやうなしかしたしかに触れると梅だ

梅の匂ひにまぎれながらも端的に弱みを衝いてくるこのひとは

筆記距離九百メートルのペンを買ひ描けるものをおもふ春暁

『雪沼とその周辺』を読む周辺にさやぐ雪沼ではない場所が

ぽつねんとなにもながさぬままひるの草地にU字溝がころがる

あたごなしないときこえてききかへす春の暗渠のやうな電話に

菜の花はひかりもみづも奪ふのでできるだけ遠くに挿しなさい

死体ではないものがゐる綿パンで四つ折りにした新聞を読む

窓のかなたに蒸気はつねにふきあげて大正九十七年のはる

揺らしたり零したりときに濁らせてわたしの奥のみづの春秋

牛乳パックのしろきくらがりきりひらく耳はさびしき音に悦ぶ

泣きだしてやがて崩れる瞬間を見るやうにゆくさくらの午後を

もはや手の届かないひかりの奥にいつまでも鳴りつづける電話

春深みつつあるなかによく動くあなたの喉をしばし見てゐる

媚としてうごくうつくしさを欠いてしづかに若き日の母の眉

植村花菜のカバーもすでに懐かしくカーテンを開けば花は葉に

/hidden とコメントをするさびしさの朧ひろがるモニターの庭

魂魄その他がやはらかくなるやうな気がして入りゆく桜の葉陰

むちやくちやな表情をした人がゐて夕陽のなかを近づいて来る

饒舌になるほどむしろしづけさがひろがつてゆく辛夷のほとり

夏めいた午後をしづかに座礁してことばの船が入江を抜けず

ためらひののち情動の新緑がにはかに枯れたやうなしぐさで

関西の訛りがあるのかやはらかな草をときどき踏むやうな声

post card

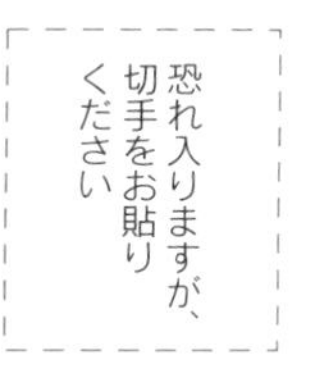

810-0041

福岡市中央区大名2-8-18
天神パークビル501

書肆侃侃房 行

□ご意見・ご感想などございましたらお願いします。

※書肆侃侃房のホームページやチラシ、帯などでご紹介させていただくことがあります。
不可の場合は、こちらにチェックをお願いします。→□　※実名は使用しません。

書肆侃侃房　http://www.kankanbou.com　info@kankanbou.com

■愛読者カード

このはがきを当社への通信あるいは当社発刊本のご注文にご利用ください。

□ご購入いただいた本のタイトルは？

□お買い上げ書店またはネット書店

□本書をどこでお知りになりましたか？

01書店で見て　02ネット書店で見て　03書肆侃侃房のホームページで
04著者のすすめ　05知人のすすめ　06新聞を見て(　　　　新聞)
07テレビを見て(　　　)　08ラジオを聞いて(　　　)
09雑誌を見て(　　　)　10その他(　　　)

フリガナ
お名前
男・女

ご住所　〒

TEL(　　)　FAX(　　)

ご職業　年齢　歳

□注文申込書

このはがきでご注文いただいた方は、**送料をサービス**させていただきます。
※本の代金のお支払いは、郵便振替用紙を同封しますので、本の到着後1週間以内にお振込みください。
銀行振込みも可能です。

本のタイトル	冊
本のタイトル	冊
本のタイトル	冊

合計冊数　冊

ありがとうございました。ご記入いただいた情報は、ご注文本の発送に限り利用させていただきます。

遭難のあとさき

秋の字の書き順ちがふちがひつつ同じ字となる秋をふたりは

髪を洗ふ夜のしづかな彎曲のなかでなみだをながすのだらう

深爪とか折れた傘とかメリケン粉まみれになつた豚ロースとか

ではまたと扉の閉まるひとときに虚を衝くやうな表情をする

見たことのない船影にしばらくは脅える入江として朝をゆく

ゆつくりと濃くなりながら認識のみづのおもてに真鯉のやうに

いまだひとつの政党を支持することのなくてひかりの黄落を踏む

あさかげに握るドアノブひえびえとして奪はれてゆくものがある

海中で冬のひざしを見るやうなまなざしを卓のむかうに気づく

癒しではなくて萌えでもない何か湧く冬の箸もつゆびを見て

くしやくしやにした便箋がどれ一つ同じかたちにならぬ冬の夜

あでやかなゆめのかけらを貘からの歳暮のやうに残して朝は

天袋から箱降ろすとき箱が鳴く怪しげに鳴くあけずに戻す

楷書でも草書でもないまろやかな字が残るゆふやけの砂場に

ロンといふ声をあかるくひびかせてゐた家が冬草にしづまる

ふゆの日はふゆのひかりをやどらせてひとの利手にひかる包丁

灯油高騰するからくりのこんこんと雪ふるなかに埋れて見えず

その奥が見えない笑顔をするひとと二人ならんで好天をゆく

何処かに在るひだまりで繰り返し原田知世がブレンディを飲む

忿怒抑へてもごもご述べるもごもごがとりもなほさず私である

午前二時過ぎて潮位のさがらないさびしき海をかかへて帰る

通過点のやうな日として死を諭すある種の雨を傘さして聴く

妻といふ山はますます雪ふかくこれは遭難なのかも知れず

消去法にて冬のをはりにむかひつつ私を消すかどうかに迷ふ

立春のひびきに揺れて買ひにゆく牛乳の白きひかりその他を

四畳半の半の永遠

わたくしの犬の部分がざわめいて春のそこかしこを噛みまくる

靴ひもに遊びもたせてあるやうなあなたの棘が遅れて刺さる

午前四時ミニストップが百円で買はせてくれるかすかなひかり

わたくしの芝目を読んでゐるやうな表情をして何を読むのか

新緑を着て新緑のなかを行くどこにもゐないひととして行く

薬包紙ひらくそのたび異なつたかたちで今日が咲いてゐること

四畳半の半のあたりでみづいろの羽根からとどく風を見てゐた

愛嬌のない人魚だつたとはなつから嘘とばかりも言へぬ口調で

血とは違ふ音を感じた暑気がまだかすかに残る廊下のすみで

映画なかばのあれが本心だつたのか淡くあかるい嗚咽のやうな

死でもない喧嘩でもない訣別のゆふやけに練りこまれるいたみ

機械ではないものとして揺れてゐた天まで熟れる秋の時間に

あなたとの距離が全くわからないこの闇はよく磨かれてゐる

十月になつたらと言ひそれつきり表情をほほゑみが覆つた

夜と闇との矛盾をうめる口論が秋をしばしば和らげてゐる

欠けてゐる物がわからぬ秋晴れの高台にゐて見えぬ何かが

早送りして蟬の羽化だけなのかたしかめてゐるビデオ数本

追伸のそこだけやけに繊細なタッチで雪が降らせてあつた

秋がもう機能してゐるひだまりに影を踏まれて痛みがはしる

手の甲の縫ひ目をふいにさしだされ初めて空を見るやうに見た

リスクには数へなかつた洋梨のかたちに揺れるあなたのこゑを

秋のきはみのふたりと思へ果実から果実へわたる軟らかなきず

句点やたらに少なきてがみ悲しみが隙間に入りこまないための

イニシャルのかたちの雲を指でさす時間の枝に呼び戻されて

秋がまだ何かをせよと云つてゐるからだの奥で木琴が鳴る

みづのかたち

この朝の深いところにあるみづの色をたしかめつつ髭を剃る

何か見えぬものが炎上してゐるかサラダに紅い野菜がふえる

他人には発見されぬひとがたのしろきかたちで三月を行く

どの枝も外へと伸びて眠りから抜けねば梅が見えないらしい

線路いまゆるくひだりへくだりゆきひかりの奥へひとりで入る

あかつきのまだ無防備なしづけさの核に向けメガホンを構へる

パスタ巻く春の右手の辺りから主義が気化してゐるのが見えた

西友のかたちにいつも切りとられそこだけ蜜を見せぬ黄昏

あまつぶがにはかに沁みて夏服にひろがつてゐる大陸がある

うたた寝のうらがはにゐて苦悶する別のあなたを見つめ続けた

あかつきの向かうがはへと流れだす液体にして切なきものが

盗んでもよいものとして揺れてゐたあきかぜに石榴も心臓も

使ひ切つた乾電池にて動きだすふたりの夜のやはらかな羽根

香水の圏内にゐてこひびとではあらざることにしばらく惑ふ

春の泥と書くときだけは美しきものとしてある泥にまみれて

内部の闇をゆつくりと集めるやうに髪を束ねるあなたのしぐさ

影に影がかさなる秋の何も濃くならぬ不思議をしばし見てゐる

この思惟はかたちくづれて日常の死角に消える水なのだらう

スーツ姿を強ひられてかつ許された別の季節がある風のなか

四枚のキングのなかで髭のないひとりのやうに秋を見てゐる

曲面をたどるあなたのゆびさきがとびらにふれるまでの夕映

秋刀魚焼く匂ひのなかで二人して次元を一つ減らして生きる

もはやただの紺の小さな海として鳴るのみ靴型のインクボトル

髪わづかによけて額にくちづけた冬のひだまりから外へでる

続くとか続かないとかいふことぢやなくて深紅のソファを選ぶ

何に絡みつかれてゐたか櫛とほりづらきあなたのあかつきの髪

罠だつたのかも知れないあの夜の鶴のつばさを折るゆびさきの

キャベツ刻む音に微かに入り雑じる南島の鳥の羽ばたきその他

不足なのか大食ひなのかわからぬが食べ残しなき貘がゐて冬

すべて留守でみづだけがただそこにある長野の奥の湖へゆく

あとがき

このたび、第六歌集『リリカル・アンドロイド』を上梓することになりました。かつてニューウェーブと呼ばれ、暴走と迷走を繰り返した日々を経て、しばらくは短歌に苦しめられてもいましたけれど、四十歳を過ぎた頃、ふたたびの蜜月とでも言いましょうか、書くことが楽しくてしかたない季節がやって来ました。モチーフがメランコリックなものを含むときでも、歌人の私は、どこかいきいきとしていました。作品を推敲しながら、体内に何か気分の良くなる物質が生じるようでした。本書は、私が、短歌をこころから楽しんだ季節の記録として、三百四十首を選んで構成しました。

二〇一九年八月二十四日

荻原裕幸

■著者略歴

荻原裕幸（おぎはら・ひろゆき）

1962年生まれ。名古屋市在住。愛知県立大学卒。90年代のはじめ、朝日新聞に掲載された歌論の反響をきっかけに、ニューウェーブと呼ばれる。第30回短歌研究新人賞受賞。名古屋市芸術奨励賞受賞。歌集出版企画「歌葉」プロデュース、総合誌「短歌ヴァーサス」責任編集等、フリーな立場を活かした活動を続けている。歌集に『青年霊歌』『甘藍派宣言』『あるまじろん』『世紀末くん！』、未刊歌集『永遠青天症』含む全歌集『デジタル・ビスケット』（沖積舎）がある。「東桜歌会」主宰。同人誌「短歌ホリック」発行人。

Twitter ID：@ogiharahiroyuki

「現代歌人シリーズ」ホームページ　http://www.shintanka.com/gendai

現代歌人シリーズ29

リリカル・アンドロイド

二〇二〇年四月十日　第一刷発行

著　者　荻原裕幸

発行者　田島安江

発行所　株式会社 書肆侃侃房（しょしかんかんぼう）

〒八一〇・〇〇四一

福岡市中央区大名二・八・十八・五〇一

TEL：〇九二・七三五・二八〇二

FAX：〇九二・七三五・二七九二

http://www.kankanbou.com　info@kankanbou.com

DTP　黒木留実（書肆侃侃房）

印刷・製本　アロー印刷株式会社

ISBN978-4-86385-395-9　C0092

現代歌人シリーズ

四六判変形／並製

現代短歌とは何か。前衛短歌を継走するニューウェーブからポスト・ニューウェーブ、さらに、まだ名づけられていない世代まで、現代短歌は確かに生き続けている。彼らはいま、何を考え、どこに向かおうとしているのか……。このシリーズは、縁あって出会った現代歌人による「詩歌の未来」のための饗宴である。

1. 海、悲歌、夏の雫など　千葉 聡　144ページ／本体 1,900 円＋税／ISBN978-4-86385-178-8

2. 耳ふたひら　松村由利子　160ページ／本体 2,000 円＋税／ISBN978-4-86385-179-5

3. 念力ろまん　笹 公人　176ページ／本体 2,100 円＋税／ISBN978-4-86385-183-2

4. モーヴ色のあめふる　佐藤弓生　160ページ／本体 2,000 円＋税／ISBN978-4-86385-187-0

5. ビットとデシベル　フラワーしげる　176ページ／本体 2,100 円＋税／ISBN978-4-86385-190-0

6. 暮れてゆくバッハ　岡井 隆　176ページ（カラー16ページ）／本体 2,200 円＋税／ISBN978-4-86385-192-4

7. 光のひび　駒田晶子　144ページ／本体 1,900 円＋税／ISBN978-4-86385-204-4

8. 昼の夢の終わり　江戸 雪　160ページ／本体 2,000 円＋税／ISBN978-4-86385-205-1

9. 忘却のための試論 Un essai pour l'oubli　吉田隼人　144ページ／本体 1,900 円＋税／ISBN978-4-86385-207-5

10. かわいい海とかわいくない海 end.　瀬戸夏子　144ページ／本体 1,900 円＋税／ISBN978-4-86385-212-9

11. 雨(ふ)る　渡辺松男　176ページ／本体 2,100 円＋税／ISBN978-4-86385-218-1

12. きみを嫌いな奴はクズだよ　木下龍也　144ページ／本体 1,900 円＋税／ISBN978-4-86385-222-8

13. 山椒魚が飛んだ日　光森裕樹　144ページ／本体 1,900 円＋税／ISBN978-4-86385-245-7

14. 世界の終わり／始まり　倉阪鬼一郎　144ページ／本体 1,900 円＋税／ISBN978-4-86385-248-8

15. 恋人不死身説　谷川電話　144ページ／本体 1,900 円＋税／ISBN978-4-86385-259-4

16. 白猫倶楽部　紀野 恵　144ページ／本体 2,000 円＋税／ISBN978-4-86385-267-9

17. 眠れる海　野口あや子　168ページ／本体 2,200 円＋税／ISBN978-4-86385-276-1

18. 去年マリエンバートで　林 和清　144ページ／本体 1,900 円＋税／ISBN978-4-86385-282-2

19. ナイトフライト　伊波真人　144ページ／本体 1,900 円＋税／ISBN978-4-86385-293-8

20. はーはー姫が彼女の王子たちに出逢うまで　雪舟えま　160ページ／本体 2,000 円＋税／ISBN978-4-86385-303-4

21. Confusion　加藤治郎　144ページ／本体 1,800 円＋税／ISBN978-4-86385-314-0

22. カミーユ　大森静佳　144ページ／本体 2,000 円＋税／ISBN978-4-86385-315-7

23. としごのおやこ　今橋 愛　176ページ／本体 2,100 円＋税／ISBN978-4-86385-324-9

24. 遠くの敵や硝子を　服部真里子　176ページ／本体 2,100 円＋税／ISBN978-4-86385-337-9

25. 世界樹の素描　吉岡太朗　144ページ／本体 1,900 円＋税／ISBN978-4-86385-354-6

26. 石蓮花　吉川宏志

144ページ
本体 2,000 円＋税
ISBN978-4-86385-355-3

27. たやすみなさい　岡野大嗣

144ページ
本体 2,000 円＋税
ISBN978-4-86385-380-5

28. 禽眼圖　楠誓英

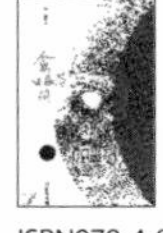

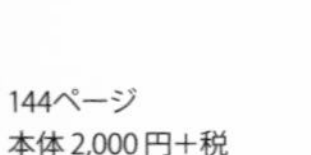

160ページ
本体 2,000 円＋税
ISBN978-4-86385-386-7

以下続刊